DISCOVRS A
LA ROYNE REGENTE MERE
DV ROY SVR LES DESORDRES.
qui font pour le prefent en
ce Royaume.

Si natura negat facit indignatio verfum

M. DC. XIV.

AV LECTEVR.

MON Vers libre reprend des Eſtats les deſordres
Non le particulier : moins encore les Ordres :
Il ſçait que tout Eſtat nourrit bon, & mauuais :
Que ſi quelqu'vn s'en pleint il faudra qu'il conſeſſe
Qu'il eſt vn de ceux là que ſans cognoiſtre il bleſſe :
Car il ne cherche qu'ordre, & n'ayme que la paix.

Rubet audiror cui frigida mens eſt
Criminibus, tacitâ ſudant præcordia culpâ.

DISCOVRS A
LA ROYNE REGENTE MERE
DV ROY SVR LES DESORDRES,
qui sont pour le present en
ce Royaume.

CEluy qui le premier bastir l'Estat François
Soubs les Auspices grands de ses heureuses armes :
 Contre le temps vainqueur, & ses dures alarmes
Le rampara de mœurs plus sainctes, & de Lois ;
Et dressa pour planter son Sceptre & sa Couronne
De Iustice & de Foy vne double Coulomne :
 Vnze siecles entiers ont roulé dans les cieux
Sans pouuoir esbranler ces deux vigoureux termes
Qui contre les assaults de Mars ont esté fermes ;
 Et contre tous les vents du discord furieux.
Car ce que la vertu de ses bras forts enserre
Mal-aisement le temps le peut ietter par terre.
 Deux eages ruyneurs se sont tantost passez
Despuis que de l'Enfer deux horribles furies
Deux filles d'Acheron sont à la fois sorties
 Afin de renuerser ces deux piliers dressez ;
L'Opinion aueugle, & l'ardante Auarice :
Pestes de tout estat, nourricieres de vice.
 L'vne à la Pieté à presenté l'assaut,
Et de son fort bouclier la presque desarmee :
Et l'autre de sa main d'ongles croches armee
 A la blanche Iustice à faict prendre vng dur sault.
Ainsi l'Enfer maudit, & sa noire vermine
Ont tourmenté le Ciel & sa race Diuine.
 Les honneurs qui iadis furent de la vertu,
Et des merites grande recompense assurees
Mis à l'anchere ainsi qu'ne vile denree
 Passent de main en main tout respect abbatu :
Et celuy maintenant au marché les emporte
Qui met vng plus hault pris, & l'enchere plus forte
 Le pris hors de tout pris croissant despuis vingt ans
Double de iour en iour, & d'heure en heure augmente

Clouis ou
Louis pre-
mier.

Antiqui-
té de l'Es-
tas de
France.

Enuiron
60. ans.

Opinion
Auarice.

Edict de
Paulet.

Et le marchant espere en accroistre la vente
    Pourueu que de Paulet l'Edict dure long temps :
Paulet des Officiers les amours les delices,
Par qui croit le trafic des dons & des Espices :
    Que d'Arrests au pied lent marchent monopolez !
La faueur, les amys les pestrit, & les forme
Non la rigueur des Loix : & souuent n'ont de forme

Arrests.
    Que celle de la planche ou l'Or les à moullez
C'est vn dire commun on achette l'Office,
Pour soy, pour ses amis, les siens & leur seruice

Plusieurs
Officies à
vn
    L'vn deux, & trois Estats, & quatre tient en main :
Vn ne pouuant saouler son extreme auarice :
Et tel peu-mesnager du sien, & de Iustice,
    Le desmembre en plusieurs & faict des Officiers,
Ainsi l'vn ioinct tousiours pour bastir sa fortune :
Et l'autre desunit la charge qui est vne.
    Le Marchant honorable, en gros achette & vend,
Le Mesquin en detail sa marchandise estale :
Mais l'Officier achette en gros, & puis sa Bale
    En detail il expose, & en faict de l'argent.
Et partant son trafiq' peu honneste resemble
Celuy d'vne boutique ou le peuple s'assemble :

Cõmissiõ
    On n'ordonne rien tant que la Commission :
Et faire pour gaigner dessus les Lieux descente.
Vne Armée à Cheual, & à Pied se presente
    De Iuges, d'Aduocatz, de Clercs vn million :
Et souuent les Escus qu'en leur Course ils despendent
Couuriroient bien les lieux pour lesquels ils descendent

Procez
par escrit
    La plus part des Procez se vuide par Escrit
Et à tort, & à droict en Droict on les apeincte :
C'est ia ou se peut faire ou bonne, ou sausse poincte.
    Et l'Aduocat monstrer son Stile, & son Esprit.
Ou le Sac se grossit, & creue descriture,
Pouis du Iuge le Déd se iette à l'aduenture.

Escritu-
res contre
l'Ordon-
nance.
    L'Ordonnance à reglé la plume du Greffier,
Celle du Procureur en fin Or enchassee :
De l'Aduocat l'escrit basti en fricassee
    De trois langues souuent seruies en papier.
Mais la toile des Lois foible à tout coup, on casse
Et n'y a Moucheron qui à trauers ne passe.
    On ne vise au auiord'huy qu'encoffrer & serrer,

Amasser, embourser, entasser pesle-mesle *Auarice*
On loüe la Vertu & rien n'est si froid qu'elle : *des Offi*
   Le seul Or est en pris, & le siecle est de fer, *ciers.*
On est libre de nom, & la vie est seruile,
L'honneste marche en bouche, & en la main l'vtile.

   Le sembler non pas l'estre est en ieu trop auant : *hypocri-*
Et le noir finement dessoubs le bland on cache : *sie du*
L'art suffoque nature, & chasqun rusé tache *monde.*
   A palier ses mœurs, de fumee & de vent.
Et peu se trouueroient dignes à l'aduenture
De ioüer à la Mourre en vne nuict obscure.

   O si plusieurs auoient de ce Gyge l'anneau *Impudē-*
Tant chanté par la Fable, & ceste rare pierre ! *ce de plu*
Que d'heureuse semence ils couuriroient la terre ! *sieurs*
   Puis qu'aux yeux du public tout leur est iuste & beau :
Et tel ne rougiroit pour quelque Escu tout blesme
De danser dans le Temple, aupres de l'Autel mesme,

   On faict beaucoup d'Estat de l'homme, peu de Dieu, *Iugemē*
On veut plaire à la Terre, & le Ciel on offense, *à la pa-*
L'argent est precieux, vile la conscience, *reille*
   Sans force l'amitie, la verité sans lieu.
Que si à son amy on veut prester l'oreille
C'est tesmoigner, iuger, mentir à la pareille.

   Heureux siecle trois fois où vng monde incognu *corrupt*
A esté descouuert par l'aiguille admirable : *de l'Or.*
Mais trois ou quatre fois chetif, & miserable
   Pour son Or iusqu'à nous par tant de Mers venu.
Nostre Europe à sauué l'Amerique perduë
L'Amerique à perdu nostre Europe vaincue.

   L'Or traine tout à soy comme vn Torrent d'Esté,
Ruine les Chasteaux, rompt les portes des Villes :
Bastir les factions, & les guerres Ciuilles ; *sa force*
   Et sa pluie corrompt les fruicts de Chasteté :
Le Carquan d'Eriphylé, & de Didon le suite
Enseignent ce que vault cette terre d'eslite.
   Cher est le Diamant né sur le vieux Rocher *Cherté*
Du riche Bisnager, la Perle Orientale : *du papie*
La Gaze des Indois qui n'à point son eguale : *& d'en-*
   Mais le papier & l'encre est encores plus cher. *cre.*
Pourueu qu'vn Prattisien, ou Iuge le manie :
C'est la Pierre auiourd'huy de la Philosophie :

A iiij

La France nourrit plus d'Officiers Picoureurs
Qᵉ d'vtiles Souldats tant de gens de France,

Tant d'Esleus reprouués, Recepueur de despence,
Tant de Preuosts d'accort auecque les Volleurs,
Tant d'Officiers Sasez, & tant de pays mortes,
Qui roignent les deniers du Roy en tant de sortes.

Les Cours creuent tantost, d'Aduocats & Greffiers,
Procureurs, Clercs, Sergents, & de gens de Pratique:
On qutite les outils, la Charue & boutique.

Pour manier la plume, & gratter des papiers.
Et ceux cy sont les mains qui de butin engraissent
Faictez villes & champs les Iuges qui les dressent.

Le gain fait mespriser la raison & la loy
Auec cent fortes mains on l'assault, on l'assiege
Tel comme en vne Scene est en vn mesme siege.

Procureur, Aduocat, Iuge & gens du Roy
Pour l'Hydre du Procez à la teste doree
Geryon il fault estre ou quelque Briaree,

L'indompté larrecin, & la Concussion
Veillent quant la Loy dort, où plustost est esteinte.
Personne ne la creint: on n'entend plus la plainte:

Qui accuse auiourd'huy est plein de passion.
La peine plus seuere, aux crimes, & aux vices
C'est faire reuomir quelques part des Espices.

On à faict autrefoys en ce Royaume icy
Estat d'armes, de lois, des artz, & de science,
De saincteté de mœurs & on à veu la France,

Et son noble Palais de beaux espritz farcy.
Mais ie ne sçay quel astre or cet Estat manie:
L'or seul est en credit, auec l'archomanie.

La docte antiquité à donné sagement
A la droicte Iustice vne iuste Balance:
Pour monstrer l'equité & maintenant on pense,

Que cest pour pezer l'or, ou l'argent seulement.
En ce siecle d'argent pource l'on ne la prise
Qu'a cause de ses poids, & de sa marchandise.

On luy à d'vn bandeau couuert aussi les yeulx,
Bien qu'elle voye cler, & maintenant on iuge
qu'elle est du tout aueugle, & partant que le Iuge

Ne doit plus voir le droict, n'y l'enfer ny les Cieux,
Mais bien les yeulx bandez d'vne façon adextre

Nombre d'Offici-ers infini.

de Prati-ciens.

crime de concussiõ

furieux desir de cõmãder.

Balances de iustice

Bandeau de la mesme.

A la Cieque iouer en maniant la dextre,
  D'vn Iuge le pouuoir tient en ses fortes mains
De ses concitoyens les biens, l'honneur, lavie.
Quel creue cœur de voir l'Auarice, ou l'Enuie
  Se'n iouer bien souuent par des faicts inhumains?
Le Iuge auare armé de plume à lui semblable
En perdent l'innocent, peut sauuer maint coupable.

  Le riche pour son or voit son crime impuni,
Le mediocre creint l'excessiue despense,
  Et que vengé d'vn tort, il soit le plus puni:
Ainsi pour son salut d'vne offense meurtriere,
Il vault mieux en lesser à Dieu la peine entiere.

  O si nos Roys gardoient tant de seuerité
  On verroit plus de droict, & moins d'iniquité,
Et le filz trop hardi creindroit lors dauantage,
D'heriter les estats de son pere en partage.

  Contre les loix d'honneut plusieuts sont honorez,
  Sont comme le Veau d'or du vulguere adorez?
Ils le seront pendant que la iaune finance
Creera l'officier, & non la suffisance.

  Deux portes Rome à veu de la guerre, & de Mars,
Pour sortir, & rentrer, & toutes deux ferrees.
La Iustice à present à deux portes dorees,
  Par ou entrent hardis, & sortent les soudars,
L'entree en est aysee, & de volupté pleine,
Mais on n'en sort iamais que triste & à grand peine.

  Tout est ores venal, le droict, & tort se vend
Le courroux est venal, la parolle venale
  Et mesme est venal des parolles le vent,
Et le silence encor, le pied, la main s'achette
Tont se vend iusqu'au clin de l'œil, & de la teste.

  Pour le riche & puissant on à force caquet
  Et pour venger son tort le Palais est muet:

On est poisson pour l'vn en son offense insigne

Pour l'autre en son forfait on à la voix du Cygne.

Celuy qui reboucha de Catilin le fer,

siecle cor Et sauua sa cité d'vne proche ruine,

rompu. Courroucé iustement, tira de sa poitrine,

Ces mots ô siecle! ô mœurs! nostre voix quelle en fin?

Nous auons vn subiect de parolles pareilles :

Mais c'est crier auy sourds, & qui nont point d'oreilles.

Plus de Ie ne veus offenser des gens de bien l'honneur,

Iustice ez Ma muse les honnore, & leur rend leur louange :

Parle- Ie sçay qu'en tous estats, il y a du meslange:

ments Mais le nombre des bons est rare & sans vigueur.

qu'eZ Dessus les Fleurs de Lis s'assied plus de Iustice :

Cours in- Et dessus le boys nud plus de ruse, & malice.

ferieures. Si les riches Palais aux planchers lambrissez

Desordre Sont vn marché souuent ou Iustice s'estalle.

Desordre Que dira ton du temple, ou le trafique plus salle:

des eccle- Les vendeurs, & changeurs ensemble a ramasses ?

siastiques On ne sçauroit cuillir les fruicts d'vn benefice

S'il ne vient de la bourse, ou de quelque seruice,

vente des Les mysteres plus saincts sans respect sont vendus,

choses On en faict vn mestier, & vn ieu ordinaire:

plus sain- Le fils du laboureur quitte l'art de son pere

ctes. Pour porter ses cheueux en couronne tondus.

Sans merite aymant mieux du don de l'autel viure

Que de ses bons ayeuls le vray trauail ensuiure.

Dedans vn mesme Chœur on est bien different :

inegalité Les vns serrent au poing deux: & trois benefices,

insupor- Les autres la main vuide, & priuez d'exercices,

table. Comme Chamelons se repaissent de vent.

Ainsi la graisse aux vns les os moelleux cache:

Et aux autres la fain aux os la peau attache.

Prelatco- Le troupeau bien souuent demeure sans pasteur,

urtisan. Et le Loup affame rodant la bergerie

Menace d'excercer sa dent, & sa furie:

auarice On ne veut que la laine, & du Loup on n'a peur.

& pares- Le troupeau tout tremblant frisonne sur la plaine,

se l'Eues- Le Pasteur est en Cour sans se donner de peine.

que On ne presche sinon combien vault l'Euesché,

quel est son reuenu, à combien affermee:

La charge n'est en conte, & n'est rien estimee,

Personne

Personne d'vn tel fais ne se trouue empesché :
L'or, non les sacrements auec la croce on pese,
Et sans visite encor languit le diocese.
Le bon Prestre est le sel du monde comme on dit,
Mais ce sel en plusieurs est affadi en sorte,
Qu'il ne peut plus saler ce n'est qu'vne mer morte:
Maint on voit qui n'entend ce qu'il chante ou bien lit,
Tellement que du peuple on trouue vray le dire:
que le sçauoir est grand du prestre qui peut lire.

Ignorãce du prestre

Rien n'est de si enioint au Chrestien que la paix,
Rien tant recommandé & neantmoins le prestre,
Le herault de la paix, est vn processif maistre,
Qui sur vn pied de mouche esleue cent procez.
Ainsi non son prelat mais son iuge il courtise,
Le Barreau est son Choeur, le Palais son Eglise.

Chiquanuerie du mesme.

Le procez affamé court à droict, & à tort,
De Cour en Cour: chacun l'embrasse, le retire,
Le forme, le pestrit, en fait comme de cire,
L'anime, le fait croistre, & le rend grand, & fort.
Tellement qu'on ne sçait ou mieux il gratte, & pince
En la cour de l'Euesque, ou en celle du Prince.

Chicanerie de cour d'Eglise.

Le rameau d'or vanté donne entree par tout,
Pour voir tout, & cognoistre, & celui qui le porte
Pourueu que de Iustice il le sacre à la porte,
Vaincra en son affaire, & en verra le bout.
Car quiconque est en charge, ou ciuile, ou sacree,
Veut estre Cheualier de la Toyson doree.

Auarice d'icelle.

La Noblesse françoise est rompue aux trauaux,
En armes, en valeur excelle, & en milice,
En zele vers son Roy: elle à aussi son vice:
Ayme trop ses plaisirs, les chiens, & les cheuaux,
Ioüe, sendette trop, chicane, fait grand chere,
Est trop prompte à la main, & trop peu mesnagere.

Noblesse & son desordre.

De la vient peu à peu que le moulin se vend,
Puis la rente en aprez, puis le pré, puis la terre,
Puis tout estant vendu on veut vn peu de guerre,
Pour retirer ses biens, & forger de l'argent.
Pour plumer son voysin, & d'vne mort commune,
Reuiure & ruiné rebastir sa fortune.

Mauuais mesnagement d'icelle.

L'auare financier à ses grans coffres pleins,
En vuidant ceux du Roy: & son peuple butine.

Le Fina-

cier &
son desor-
dre.

Pille, piaffe, acquiert, bastit de sa ruine,
Impose, taille, leue, & brief ioüe des mains:
Exempt de tout peril: ne craint & ne contemple
Ni Gentil, ny Pochet ny de plusieurs l'exemple.
Ces esponges sans fin abreuees d'humeur
Des longues mains des Roys ne creignent la pressure
Et les rats palatins & teignes à toute heure,
Rongent le grain du maistre & sengressent sans peur
Mais la Belette grasse, & grosse es apres l'entree
Sort maigre par le trou, où maigre elle est entree.
Des armes sans besoing on cherche le profit:
Mottes viuent encor dans vne paix ciuile:
Et l'ombre de la guerre est à plusieurs vtile,

Armes
durant la
paix.

Que le passe-uolant, & la monstre enrichit.
La paix demy-armee au milieu de sa terre
Est contreinte de voir la face de la guerre.
Ce Royaume est subiet à deux sortes de gens:

misere du
François.

Les vns ayment le poil, & les autres la plume.
Chacun d'eux à son tour le peuple pele, & plume:
Les vns tiennent les cours, & les autres les champs.
Partant le seul François quereleux à outrance,
Et fol ne peut manger son pain en patience.

tenu pour
fol qui
n'est de
l'vn des
partis

Quiconque ne se range à l'vn des deux partis,
Et retiré du bruit passe en douceur sa vie,
Franc de l'ambition, du gain & de l'enuie:
Cultiue ses guerets, sa vigne & ses patis,
Est estimé dompteur du Pegase, encor pire:
Digne du nauiger vers la seche Anticyre.
C'est art le Roy des arts, iadis des Roys aymé,
Des capitaines grands, de toute ame benigne
Innocent, fructueux, d'vn homme libre digne,

Agricul-
ture mes-
prisee.

Est vil, de tous, en tout, serf, & desestimé,
Les artz d'honneur rendus, mercenaires, seruiles,
Sont suiuis pour le gain, & les charges ciuiles.
Le luxe verse-estat, & de guerres l'auteur,

Desordre
commun
à tous es-
tats.
Luxe.

A desploié l'orgueil, & le vol de son aisle.
Le noble, & roturier, sont confus pesle-mesle:
Chacun pour bas qu'il soit aspire à la grandeur,
Le simple gentil-homme altier en sa prouince,
Veult tailler du seigneur, & le Seigneur du Prince.
La robe glorieuse excede les moyens:

Le corps est bien couuert la table toute nuë :
L'or filé trop commun, la perle trop cognuë
  On ne peut distinguer l'ordre des citoiens,
Et celuy qui en biens n'est rien q'un ver de terre :
Veut que le ver l'habille, & mort encor l'enterre.

   Chacun va bastissant comme riche, & heureux,
Et veult contrequarrer des Roys l'architecture :
Le Iasphe, le Porphyre, & la pierre plus dure,
  Et plus clere reluit aupres des petis feux.
Du bastir la ruine, & bien souuent on tombe
Adresser bastissant de soy mesme vne tombe.

   La table soubs le faix rompt des plus friands mets
Ou sont ces riches loix Fannies Licinies,
Qui bridoient les exces & les cheres folies,
  Sur le Tybre iadis des festins, & banquetz ?
Tel fol est maintenant qui d'vne gloire extreme,
Deuient Eresichthon, & se mange soy mesme.

   Amour est compagnon des tables & du vin :
C'est la ou de son trait les cœurs au vif il touche :
Et puis combien de maux des desbauches de bouche ?
  Par eux deuant son iour on voit sa triste fin.
Ainsi l'eau peu à peu creuse la dure roche :
C'est ce qui fait aller le Medecin en coche.

   Les meubles plus exquis sont commus en tous lieux,
L'officier mediocre ez mediocres villes,
Se sert tout en argent iusques aux choses plus viles,
  Les licts & les buffetz reluisent precieux.
Et tout estant bien net on n'aperçoit rien estre
Dans vn logis d'orgueil de sale que le maistre.

   Plusieurs doiuent ruzes aux crimes leurs honneurs,
Leurs maisons, leurs chateaux, buffet, & garderobe
Maint comme le Preteur de Sicile desrobe
  Pour ses Iuges, pour soy, & pour ses defendeurs.
Et tel est comdamné qui disne de bonne heure :
Et se rit cependant que la prouince pleure.

   On ne sert le public, ny mesmement le Roy.
Sinon pour acquerir plus d'argent, que de gloire
Ou estes vous Romains qui de vostre victoire.
  Contents vous retiriez chacun poure chez soy ?
A vos filles venoient du puplic les doüaires :
Et du public encor voz honneurs mortuaires.

         B ij

en la robe

En bastimments.

ez manteaux de cheminees.

en banquets

en debauches.

en meubles.

Larrecin

courtisans auaares.

De seruice peu dans apportent maintenant,
Au rusé courtisan cent mille francs de rente:

richesse d'iceux. Triste il sort de la Cour d'vne ame non contente:

Ayant tousiours au gain l'esprit ferme & tenant,

Deux maux regnent en Cour d'humeur toute ennemis

Bonne-ual. L'Hydropisie, est l'vn l'autre la Boulimie.

Tel ne fut Bonneual, moins encor Chastillon,

Chastil-lon. Qui d'vn seruice long rendu d'ame constante

Ne raporterent onc trois mille francs de rente

Bourdil-lon. Pris de leur grands trauaux, ni aussi Bourdillon.

Ils seruoient pour l'honneur, non pour le gain leur maistre

Tels ne deuoient mourir si bien ils deuoient naistre.

Monluc. Quoy ce vaillant Mouluc grand rameau de Mars?

Son escrit est tesmoing de sa pauure richesse:

Armes de Mon-luc vne espee. Comme la France l'est de la richesse, proüesse,

Et l'Italie encor de ses plus grands hasards.

D'vn pratticien cherir la plume mal coupee

Luy acquert plus de bien qu'a luy sa grand'espee.

Ie ne puis oublier ce loyal Conseiller

Cardinal d'Am-boise. Du douziesme Louis ce Cardinal d'Amboise,

Qui prouigna le nom, de la gloire Françoise:

Vn benefice seul fut son ample loyer.

Roy heureux d'auoir eu conseil si salutaire!

Siecle heureux vn tel Roy de son peuple le pere!

L'viurier affamé fait paistre son argent,

Et l'angresse des biens du maigre populaire,

vsurier. Le ronge iusqu'aux os, se rit de sa misere,

Baille au mespris des loix, à seze & vint pour cent.

Et cruel sans trauail par vne sourde vsure

Acroist ses reuenus, & ses champs en peu d'heure.

Marchãt Le mercadant trompeur ne tient conte du poids,

De nombre, de mesure, & ne fait conscience

Cacher le vice obscur dont il à cognoissance,

Et charmer l'acheteur au iargon de ses voix.

C'est vn dire auiourd'huy personne ne demande

D'ou tu las: mais d'auoir ton bien re le commande

grands doüaires. De ces sources sans fin decoula le grand bien,

Du grand bien grand orgueil, d'orgueil les grans doüaires

Mesda-mes Ma-rie, & Isabeau Lesquels de iour en iour croissent si ordinaires:

Que les cens mille escus maintenant ne sont rien.

Les filles de nos Roys que le cercueil enferre
De honte rougiroient retournant en leur terre.
　　La ieunesse ne court qu'aux grans, & riches dots.
Sur eux fonde son heur, sa fortune edifie:
Estudie, depend, en paie sa folie :
　　Et bien souuent tels rets sont la prison des sots.
Car qui se vend en beste, il est bien raisonnable
Qu'il viue en beste aussi esclaue & miserable.
　　La folle, la guenon, bon parti trouuera,
Vile d'honneur, de mœurs, & encor plus de race :
Pourueu que les Escus luisants marchent en place,
　　Mais la chaste beauté sans mari viellira.
Ainsi les Graces sont, & les muses pucelles,
Et ne s'est peu trouuer qui veulut encor d'elles.
　　La fille meure d'ans aprent auec plaisir
Les balers Gaditains les danses d'Ionie:
Puis soubs le ioug nopcier se voyant asseruie
　　Cherche des seruiteurs ieunes à son desir.
Que si quelque marchant de deshonneur se trouue :
Elle en reçoit le pris & son mari l'approuue,
　　De race & pere tels ne naquirent iadis
Ces guerriers tant chantez qui l'Helespont passerent:
Ny ceux qui l'Anglois fier en son Isle chasserent.
　　Des l'enfance au trauail, & au combat hardis,
Les bons viennent des bons, & l'aigle valureuse
N'esclot point en son nid la colombe peureuse.
　　Vn scauoir vain, & mort est en pris maintenant
Des estats, plus anciens, des loix, & langues mortes:
Curieux on remplit sa memoire en cent sortes :
　　Et l'intellect est vuide, ou bien farci de vent.
On est poure en Amour, en Foy puissant, & riche :
L'esprit & cultiué, & les mœurs sont en friche.
　　Ie me trompe on se rit du grec, & du latin,
Et des arts plus humains, & des escrits antiques:
On prise des palais les stiles, & prattiques,
　　Et les mestiers trompeurs ou l'on fait du butin.
On tire plus de gain d'vn acte, ou d'vne enqueste,
Que d'escrire vne Histoire, ou de l'œuure d'vn Poëte.
　　Peres vous estes fols d'amuser vos enfants
A succer l'aigre goust des inutilles lettres :
Si vous ne les voules quelques Regents ou Maistres:
　　　　　　　　B iij

de Fran-
ce filles
de Char-
les cin-
quisme.

auarice
en ma-
riages.

force des
escus.

mauuai-
se nourri-
ture.

race des
vieux
François.

nourri-
ture.

la cence
d'auiou
d'huy.

mespris
des bon-
nes let-
tres.

peresfols.

Rien n'est de si ingrat, n'y telles pertes d'ans:
Plusieurs en sont tesmoings qui en trante ans de peine
N'ont apris qu'à semer sur l'infeconde arene.

liures de Palais.   Les liures de palais sont les seuls en credit :
On ne roule on n'escrit, on n'imprime autre chose
En eux seuls la Prudence, & Science est enclose :

Et seuls ils sont du temps les sages que l'on lit :
Car ce que le profit, & l'vtile authorise :
Le vulgaire ignorant sur tout l'honnore & prise.

Desordre sur le depart & essail des Tailles.   Chacun cherche l'honneur, le plaisir & le gain :
Veult la charge publique en fuiant la priuee,
S'exempte de tribut, de taille, & de couruee :

Le poure soustient tout, & va mourant de faim,
Tousiours d'vn corps gasté l'humeur forte & peccante
Sur la partie basse, & foible fait descente.

du Sel.   De Neptune les champs sont communs, mais son b
Et sa riche moisson, au depart n'est eguale,
Tel n'a rien à saler qui sans pitié l'on sale,

Et tel sale sans fin lequel n'en paie rien
Le Sel mal partagé, dompteur de pouriture,
Pourrit les champs, la ville, & des champs la culture.

inegalité extresme des François.   Vn extresme inegual desunit la cité,
L'vn est plati de faim, l'autre creue de graisse,
L'vn n'a rien l'autre à tout par ruse, & par finesse :

L'vn est libre par trop, l'autre sans liberté.
Ainsi le villageois & le village porte
Dessus son foible dos la ville la plus forte.

artz necessaires mesprisez.   Ce peuple qui nourrit, qui vestit, qui bastit,
Est nud sans nourriture, & plus souuent sans loge :
Les daces & impost à tout point le desloge.

Du ventre les mestiers apportent le profit.
Le bal, le ieu, l'amour sont seuls en exercice :
Chacun est Policeur : les villes sans Police,

Desordre es Mairies & Escheuinages.   Les Maires autrefois des citez le support,
De plus fins citoyens achettent les suffrages,
Puis les deniers communs tournez à leur vsagés,

Payent l'honneur vendu, & seruent au plus fort.
Des habitans foulez, les maisons sont taillees.
Et le Roy desrobé & les Villes pillees.

En vices si fecond siecle na point esté,
Depuis ce Sceptre né que tout Sceptre reuere.

On ne bruit que de Foy, de Iustice seuere,

Par terre gist la Foy Iustice à son costé:

La sainte Hypocrisie est en regne à cet'heure,

On à le Christ en bouche: & au cœur l'Epicure.

Hypocrisie en regne.

De ces confusions on voit meint orphelin,

Tant de pauures vieillards, tant de veufues en proie,

Tant de gens ça & la errants parmi la voie,

Affamez, deschirez, & mandiants sans fin.

Sa terre au seul François n'est mere ny propice:

Si elle luy est mere, elle n'est sa nourrice.

miseres dece teps,

Celuy la qui voudroit raconter amplement:

Les maux de cet Estat, & des estats les vices,

Les ruzes, les abus, les fraudes, les malices:

Auroit vn champ ouuert pour courir largement:

Sans riuage vne mer, sans mete vne carriere:

Et le temps luy faudroit plustost que la matiere.

maux de l'Estat & des Estas.

Mais vous Roine sans pair femme du Grand Henri:

Par qui les riches lis de la belle Florance:

Sont vnis aux beaux lis de vostre riche France:

Qui nourricez la paix fille d'vn tel mary.

Non seule vous sçaues le mal, & se desordre:

Mais seule vous pouuez y donner aide, & ordre.

La Royne Regente nourice de la paix

Chacun d'vn corps changé voit la fieure, & le mal:

Mais le remede en est entre les mains du sage:

Qui par vn grand sçauoir ioinct à vn long vsage,

Peut guerir la douleur en se monstrant feal.

Et chascun de ce corps voit la playe enfoncee

Mais seule vous auez en main la Panacee.

seule peut remedier aux desordres.

Iustice, & Pieté vous tendent or les mains,

Tourmentees sans fin d'vne'peste commune:

Vous pouués releuer la colomne de l'vne,

L'auarice chassant furie des humains.

Vostre race sacree vn iour dressera l'autre,

Et croissant dans, & d'heur la plantera plus oultre

redresser la colône de Iustice

le Roy destiné pour celle de pieté.

Vous pouuez la Vertu remettre en sa splendeur,

Luy redere son loyer, comme la peine au vice:

Bridez par forts Edicts l'excez & la malice:

Nostre siecle dorer d'vn or plus sainct & pur.

En vostre gloire ainsi on dira d'eage, en eage:

Vne Royne à parfaict de plusieurs Roys l'ouurage.

La Vertu.

De vostre volonté on ne peut se douloir.

En sa let-

tre à Mō-	Vous l'auez tesmoignée & d'vn ancre fidele,
seigneur	Pourquoy vostre pouuoir n'aura il force telle ?
le Prince.	Le pouuoir en vous seule est egal au vouloir.
	Car la necessité pour forte ne maistrise
Conuoca-	Les Roynes, ny les Roys, mais toute ame soubmise,
tion des	La France attend de vous tout secours, & soulas :
Estats	Vous auez preparé les moyens salutaires :
generaux	Moyens tant attendus au fort de ses miseres.
à Sens.	Ou peut on mieux guerir les estatz qu'aux estatz ?
	La saison y est propre & propre encore l'heure :
le palais	Le corps tout disposé, l'humeur peccante meure.
de ce tēps	Les Cours sont des proces vn Labyrinthe obscur
	Pleins de tours, de detours, & d'erreurs infinies :
	Ou les plaideurs errantz emprisonnent leurs vies,
	Puis en cherchent l'issuë, & vont rodant en peur
	Plusieurs pour y entrer n'ont que trop de courage
Nombre	Mais peu ont le filet de Thesée le sage.
infini	Royaume n'eut iamais tant d'Edicts, ny de Loix
d'Ordon-	Ni de diuerses mœurs, Coustumes si contraires,
nances,	Ni mesures, ny poids : & le poil des Pantheres
Coustu-	N'est si fort moucheté que l'humeur du François
mes, me-	Mais la loi sans vigeur est l'espée enfermee
surer &	Dans le fourreau où bien de la carte imprimee.
poinds	O quel digne loyer pourroit recompenser,
Censure.	Ce Roy qui le premier introduiroit en France
Cense.	Pour regler biens, & mœurs, la Censure, & le Cense ?
	Quelle table d'honneur luy pourroit on dresser ?
	Son peuple franc sauué a la façon Romaine.
	Luy deuroit iustement la Courone de Chesne.
	On noyroit plus ces motz parmy nous auoir cours,
Motz en-	De Griefs. Saluations, de Contredit, d'Enqueste,
nuyeux.	De Taxe de Despens, d'Espice de Paulette :
	L'honneur seul non le gain seroit le pris des Cours
	Gain que tout cœur meschant pour seul but se propose
	On esteindra les motz si l'on esteint la chose.
	Le Cense regleroit le Desordre confus
assez du	Des tailles : & le fort porteroit lors la charge
Cense.	Qui sur le foible en tout iniuste se descharge,
	La fraude s'esteindroit, & le proces hydeux.
	Le Roy en vn moment cognoistroit de sa terre
	Les ornementz de paix, & les nerfs de la guerre,

La Censure

La Cenſure des mœurs la regle, & du Renom
Brideroit des excés l'indomptee licence,
Qui maintenant ne creint ny Edict, ny puiſſance,
Et vne marque honteuſe imprimeroit au nom.
Alors la Modeſtie, & la Vertu mocquee,
Reprendroit ſes honneurs, & ſeroit inuocquee.

Car que ſeruent les loix inutiles ſans mœurs?
Il fault former les cœurs aux vertus des ieuneſſe:
C'eſt ce qui fait paiſible, & douce la vielleſſe,
Et qui au ſainctes loix rend les iuſtes honneurs,
Le meſchant fuit le crime effraye de la peine.
Le bon le fuit ſouuent la vertu qui le meine.

Des corrompues mœurs le deſordre eſt naiſſant,
Et du Deſordre né les ſourds Partis on forme:
Des Partis le Diſcord plus que ciuil prend forme,
Diſcord qui verſe en fin l'Eſtat le plus puiſſant.
Le croye qui voudra de ces peſtes meurtrieres
Le luxe & l'Auarice en ſont auancourrieres.

Royne Mere de Roy, & de Roys quelque iour.
Reformant cet Eſtat par voſtre grand prudence
Soyez pareillement la Mere de la France,
Comme voſtre Fils eſt de ſon peuple l'Amour.
Voſtre Fils noſtre Roy de qui la nourriture
Le nom, la tige porte vn tres heureux Augure.

L'An quatorze du ſiecle eguale ſes beaux ans.
Ans de Maiorité qui dit Maieur dit ſage.
Puis la ſageſſe es Roys deuance touſiours l'eage.

Nous courons cette anneé, & ce deſiré temps.
Temps auquel vn grand Roy vous luy preſtant l'eſpaule
Souſtiendra le grand fais du Septre de la Gaule.

Sceptre l'vnique appuy du fidelle François
De l'orphelin leſſé de la veufue eſploree,
Le fort piuot ou tourne & la Paix adoree,
Et le Ciel du Salut, & les aſtres des Loix.
A la force de qui noſtre force eſt vnie,
Noſtre bien à ſon bien, noſtre vie à ſa vie.

Dieu qui eſt le guerdon d'vn honeſte labeur.
Eſpande largement ſur vous, & voſtre race.
Vn threſor de faueur, vne moiſſon de grace.

Dieu comble noſtre Roy & vous de tout bon heur
En fin ayant vaincu du monde la victoire

La Cenſure.

les mœurs

effets des mœurs corrompues.

La Royne mere, mere de la Frãce.

1614.

17. Septembre prochain.

Effects de la Roiauté.

Veu pour le Roy la Roine Re.

C

gente sa Grande Royne soyés sa Couronne, & sa gloire,

mere &   Que le discord mutin soit assis garroté

toute sa De chaines à cent nœuds, & sa race damnee:

race.   Et que la belle Paix de palmes couronnee

pour la   Enionche à pleines mains ses fruicts de tout costé

Paix, la Que la Iustice apres & la Foy rappellees

Iustice, & Demeurent à iamais auec la Paix colleés,

la Foy.

SONNETZ SVR LE MESMES SVIECT.

plainte furieuse d'un Officier malade, contre la Paulette.

Qve maudit foit Paulet , auec la Paulette
Defpuis que pour fauuer l'eftat i'ay pauletté,
Ma femme m'inportune, & hyuer, & efté,
Sain, malade, fans fin me geine, & rompt la tefte.

Que maudit foit Paulet deux fois ie le fouhaitte
Chetif auparauant mon argent pauletté:
Si quelque petit mal m'affailloit le cofté,
Ma femme incontinent à mon aide eftoit prefte.

Medecins accouroient, remedes à foifon,
De parents, & d'amis regorgoiët ma maifon,
Au mal d'vn officier, rien n'eft qui ne fe meuue.

Mais ores que ie fuis attaché à mon lict,
Et par vn trait mortel, ma femme à part foy dit,
Meurs Paulet me dofi'ra de ta peau vne neuue.

D'vn Officier content pour la Paulette.

Qve benift foit Paulet , & la Paulette auffi
Par luy on tond, on pelle on enbourfe, on enferre
On accroift fa maifon, fon eftat & fa terre,
Et du trait de la mort on n'eft pas fi tranfi.

Que benift foit Paulet: on luy doit grand mercy,
Il redore c'et eage, & les bons il deterre,
Enrichit la Iuftice, & apourit la guerre.
Faict regner l'officier fans peur, & fans foucy.

Par luy l'once defpice en vault or'vne liure
On fait en fa maifon Monfieur l'Eftat reuiure,
Souuent pour quelque fot, & ignorant parfaict.

La femme ne creiat plus de fon mary l'obfeque.
L'arget s'engraiffe, & paift dans les prés d'hypotheque
S'iy a des heureux ceft Paulet qui les fait.

Sur la texe des officiers du Roy en Confcience.

LE Iuge qui d'autruy doit taxer le falaire,
Le peut il à foy mefme, & fe donner vn pris ?
Sil fe contemple bien, fes fens, & fes efpritz
Il doit fuiure Nature ainfi que fage mere.

A l'œil iuge couleur la couleur eft contraire,
A l'oreille les fons, & le palais apris

C ij

A iuger des faueurs les tiendroit à mespris :
S'il en auoit de propre, & ne s'en peut distraire,
 Cette vertu qui loge en l'ame ces portraitz
Arriuants du dehors, n'a image, ny traitz :
L'entendement est nud, sans espece, & sans forme :
 Le Iuge parmi nous seul iuge son labeur
Le taxe en Conscience, & s'en paye en rigeur.
Mais telle Conscience est souuent bien difforme.

Sur l'Edict defendant l'vsage des passementz d'or & d'argent.

EDict Roy des Edicts qui redores la France
 Par qui l'orgueil enflé gist par terre abbatu :
Tu r'ammenes l'espargne, & remetz la vertu :
Et du noble excessif reserres la finance !
 La femme qui ne sçait mesurer la despence :
De qui le foible honneur est souuent combatu
Par cette arme dorée & vaincu peu à peu :
A vn frain pour brider le cours de sa licence.
 De la guerre le nerf, & de paix l'ornement,
Par les auares mains filé en passement
Par luy reprend son pris estant le pris des choses,
 Que n'est tu assés fort pour regler le procez,
La table, le buffet, la robe, les excez ?
Nous te couronnerions de l'auriers, & de roses.

Sur la vante des Offices.

LEs Officiers du Roy & de Paix, & de Guerre,
 Viennent armez d'escus afin de le seruir :
Ceux de paix mieux armez s'auancent pour rauir
Cet honneur aux guerriers que leur plume deterre
 Le bon Roy doit ses mains à son peuple, à sa terre :
Mais ses deuotz subjects ne peuuent assouuir
Leur soif a son seruice, & cherchent d'asseruir
Tout ce que la fortune en leurs dextres enserre.
 O Roy trois fois heureux & comblé de bons heurs
De rencontrer sans choix tant de bons seruiteurs :
Qui achettent, si chér l'heur de vostre seruice !
 Mais si le fier soldart de paie desarmé,
Est contraint de voler en Vaultour affamé,

Que fera l'acheteur de fi chere milice.

Sur les Officiers du Roy & Fermiers des Gabelles.

LA Iuſtice, & le Sel ſe vendent d'vne ſorte :
   Et les marchands d'iceux afriandez du gain
Y vont mettant le taux tel qu'il leur vient à main :
Et l'achat fait en gros, en detail ſe comporte.

   Ils ſont toutz apuyez deſſus la dextre forte
Du Prince : mais les vns incapables de frain
Font courir leur pouuoir, & a pur, & à plein :
Aux aultres Conſcience vn laſche frain apporte.

   Tout eſt monopollé, & ne peut on auoir
Ces denrées icy ſi ce n'eſt au vouloir
De ceux qui de leur gain tout le peuple apouriſſent

   Ie ne ſuis eſtonné ſi depuis quelques ans
Les foyes ſont gaſtez : Medecins ont le temps.
Les vns ſalent ſans ceſſe, & les aultres eſpicent.

Du Ieu de paume pratiqué au Palais.

LEs hommes de Palais jouent de grand adreſſe
   A la plaiſente Paulme, & ſe donnent l'eſteuf
L'vn à l'autre gaiment, prenant ſelon leur deu
A bond & à volée, & bricollent ſans ceſſe,

   Le Procureur ardant à l'Aduocat adreſſe.
Son coup : cettuy au Iuge, & ainſi peu à peu
La partie ſe gaigne, où ſe remet : ce ieu
Eſt ſeul ores en regne aux vieux, à la ieuneſſe.

   On ioüe de reuers pluſtoſt que d'auant main :
Le ſpectateur oyſif y perd le temps en vain :
Le gain n'en vient qu'à ceux qui Ioüent en concorde

   Qui veult que ce ieu dure, & viue longuement,
Qu'on fourniſſe deſteufs aux Ioueurs ſeulement,
Ils n'ont peur des filletz, ny de donner ſoubs corde.

AV LECTEVR.

LEs Deſordres i'ay dit par les eſtatz eſpars :
   Que ſi l'ordre pouuoit, or les Deſordre ſuiure.
   Quel bien de voir la Paix, & l'Ordre enſemble viure ?
   La Vertu reflurir, & les honeſtes Artz ?
Quoy qu'il en ſoit : richeux ne voüé, & ne prie,
Que voir mon Roy heureux, heureuſe ma Patrie.

www.ingramcontent.com/pod-product-compliance
Lightning Source LLC
Chambersburg PA
CBHW061735180626
46818CB00006B/2633